jandaíra

Dentro é outra revolução

Jesuana Prado

Este livro foi revisado segundo o Novo Acordo Ortográfico da Língua Portuguesa.

Direção editorial
Lizandra Magon de Almeida

Assistência editorial
Maria Ferreira

Preparação de texto e revisão
Equipe Jandaíra

Projeto gráfico, diagramação e capa
Daniel Mantovani

Ilustração de capa
Azul Marinha

Dados Internacionais de Catalogação na Publicação (CIP)
(Câmara Brasileira do Livro, SP, Brasil)

Prado, Jesuana
Dentro é outra revolução / Jesuana Prado. -- São Paulo : Editora Jandaíra, 2023.

ISBN 978-65-5094-107-9

1. Mulheres na literatura 2. Poesia brasileira
I. Título.
23-161601 CDD-B869.1

Índices para catálogo sistemático:
1. Poesia : Literatura brasileira B869.1
Aline Graziele Benitez - Bibliotecária - CRB-1/3129

jandaíra

Rua Vergueiro, 2087 · cj. 306 · 04101 000 · São Paulo · SP
editorajandaira.com.br
| editorajandaira

jandaíra
São Paulo | 2023

Dentro é outra revolução

Jesuana Prado

Dedicatória

Dedico esta viagem ao meu dentro, às primeiras mulheres de minha vida, minha avó Conceição, que já me mantinha dentro de si quando gestava minha mãe, e mainha Filomena Sampaio, fonte de amor maior que me gestou para mim e para o mundo.
Às mulheres de minha vida: minhas irmãs, sobrinhas, professoras, amigas.
Ao meu pai, Marcelo Prado, primeiro exercício do masculino em mim.
Às entidades presentes no exercício da minha espiritualidade pelas luzes, sombras e dentros.
Sou grata!
Sou grata!
Sou grata!

Sumário

Fez-se matéria nas cheganças
da primavera de 2023

Agô!

Apresentação

Livro-poema-oração-coração-
-benzimento-labareda-motim

NÃO É SÓ UM LIVRO E, se assim fosse, já seria muito e, tanto. É um livro chamado, um convite feminino e ancestral, para a luta, a autoproteção e a liberdade. Um convite para o encontro entre todas nós, mulheres, vivas ou não, mas sempre unidas pelo fio invisível da magia e do sagrado feminino que nos habita em corpo e em espírito.

É um livro poema-memória que não nega a importância do masculino, nem o lugar de onde se vem. E como é lindo esse lugar de muita luz, de muito sol e nem é preciso conhecer para crer. Deixe-se demorar nas palavras de Jesuana, sinta a sua poética que se confunde ou é a sua própria vida, com sua luz e sombra sabiamente acolhida.

A autora presenteia o mundo com poemas que, ao mesmo tempo que são força, também são leveza.

É um livro-poema-oração-coração-benzimento-labareda-motim, guerrilha e, também, saudades.

É sobre o amor e suas inconstâncias de começos, recomeços e fins, desapegos, dor, desatino, caminho e florescimento.

É um livro entranhas: livro vento, livro sonho, livro passarinho, livro semeadura, livro raiz, livro colheita: terra, rio e semente.

Livro sertão – roça: tempo bonito para chover e terra fértil que tudo dá.

Livro desejo e novas descobertas, fogo e ar.

Livro presença, sangue, ventre, força sagrada.

Livro cura, equilíbrio e amor.

Livro Diversidade, resistência e rebeldia.

Livro denúncia, periferia.

Livro mata, floresta e indígena.

Livro Revolução, alma e coração.

Argentina Castro
Escritora cearense

Eu queria a vida!
Eu bebia e brindava à vida!
E tinha pressa!
A poesia era um bálsamo para minhas feridas
Era alívio em mornas compressas.
Zá Lacerda

Tenho um redemoinho guardado no centro do peito
Arlete Mendes

Por eu ser terra não queira me ver
Com raízes fincadas em um único solo.
Minhas raízes já se espalharam.
O mundo é minha casa.
Já estou na copa de minha árvore
Sendo levada pelo vento
para outras pairagens.
Sou terra e sonho acarinhar todos os solos
sem fronteiras, sem arames nem farpas.
Sou terra, sou água,
Sou fogo, mas, sobretudo, sou ar
que corre sem rumo nas estradas do destino
a mando de ninguém.
Esta vida aqui que pulsa
não sabe ser vã.
E eu já não sei ser fútil.
Eu sou meu destino, basta um sopro
e eu deixo o ar me levar a **Ruar.**

A todas as pessoas que me acolheram enquanto eu mochilava.

Desperta, minha loba irmã,
Desperta!
Em ti há uma mulher selvagem
Que não sabe ser submissa.
Não permitas que mão nenhuma te bata,
grito algum te diminua
boca nenhuma te ofenda.
És uma mulher sagrada,
És uma mulher profana.
És luz,
És sombra.
Enfrentas o mundo pela tua liberdade,
pela nossa liberdade.
Luta comigo
Luta comigo
Luta comigo!
Estamos juntas!

Acalanto minha saudade
no abraço imaginário que dou em minha mãe.
Eu fui partida
mas no soluço das ausências
sou presença.
Regresso
puxando meu cordão umbilical.
Renasço para o que hoje decidi ser
e meu laço materno é minha fortaleza
e nada é em vão.
Sinto a ancestralidade de ser
filha, mãe e avó
e sei
no aconchego do abraço de mainha
o que é **eternidade.**

À minha mainha, Filomena Sampaio

Quem sabe do tanto de mundo que carrega
Uma história,
Uma vida,
Um ventre,
Uma vagina,
Um corpo,
Um ser?

Quem sabe da dor, do sentir
Dessa história,
Dessa vida,
Desse ventre,
Dessa vagina,
Desse corpo,
Desse ser?

Quem sabe de todas as violências
Nessa história,
Nessa vida,
Nesse ventre,

Nessa vagina,
Nesse corpo,
Nesse ser?

Quem sabe a força do grito?
Quem grita?
Quem escuta?
Grito é só o ranger de um leão?
Ou o ranger de um homem oprimindo uma mulher?

Quem sabe o peso de um assédio?
Quem assedia?
Ora, ingênuo imaginar que sente o peso quem grita,
Que sente a dor quem a causa.

Quem conhece o coração de quem?
Eu conheço o coração das mulheres e sei,
O tanto de mundo,
O tanto de dor,
O tanto de sentir,
O tanto de violência,
O tanto de grito,
O tanto de peso que tem
Nas nossas histórias,
Nas nossas vidas,
Nos nossos ventres,

Nas nossas vaginas,
Nos nossos corpos,
Nos nossos seres.

Nenhum silêncio enfiado
Nas nossas histórias,
Nas nossas vidas,
Nos nossos ventres,
Nas nossas vaginas,
Nos nossos corpos,
Nos nossos seres.
Ontem eu estive no olho do furacão
E de lá te mandei lembranças.
Posso ser um pesadelo, sabia?
Mas se hoje o sou é porque tu fostes primeiro.
Quando pensou que calou a minha voz
Surgi em plena rebeldia acompanhada de minhas irmãs.
Nenhum silêncio a ti. A mim, nenhum medo.
Tenho a força das mulheres comigo e
Somos nós que embucetamos o mundo.

Nasci na garupa da bicicleta de paizim
E no abraço caloroso de minha avó Conceição.

Nasci brincando de chuquinha com as minhas irmãs,
Colhendo algodão nas terras do tio João,
Com a bolsa de couro a tiracolo.

Eu nasci quando comia pimenta com os olhos e
corria chorando para mainha tirar de mim
O ardor da vida.

À minha família.

Elu me diz que sou pássaro
e **não mereço a condição de prisão em uma gaiola.**
Eu, louca (por elu)
aceitaria uma morada que não o mundo.

Elu me diz que sou bicho solto e
eu, por elu, fincaria raízes.

Ah, mundo tão injusto que fez meus passos seguirem e
em ti não me prender.

É que passarinho sem bater asas morre.
E eu, sou vento.
Quem sabe um dia em uma revoada
eu volto.

A minha parte terrorista
pensava em uma bomba.

Não sou tão boa assim
que o mal não me habite
e descompasse.
A diferença é que pra isso
me falta coragem.
A ideia cristã de pecado,
de defesa da vida
não me deixa tirar a vida
dos que pouco se importam
com as nossas
vidas.
Eu terrorista,
sem piedade,
tacava fogo no mundo
[no mundo deles].

A Laudiano Silva

Eu venho da terra da luz,
da terra do sol, do mêi do sertão,
da cidade da paz.

Sou descendente dos profetas da chuva
e de toda essa gente que diz que tá bonito pra chuver.
Sou orvalho que escorre dos ramos de pião das benzedeiras,
sou neta de Conceição e Aparício,
filha de Filomena e Marcelo.

Eu venho de todas as bandas
sou de lá mas também sou daqui e de acolá.
Sou mais uma nordestina periférica,
que pousou por essas terras a contragosto, de uns
com muito gosto, por alguns
Minha vida é poesia e é dela que venho e
é por ela que sempre vou.

Tua morte noticiada é mais uma morte dentro.
O fim é simbólico.
Veio com os sonhos de artemísia.

Morre, meu bem.
Morre dentro de mim.
E renasce, como um cão fiel.
Amigo incondicional.

Renasce, quando muda teu nome e teu sentido.
E Tudo agora é hoje
brotando do sagrado desconhecido da força que vem do astral.

Não te preocupas demasiado comigo, meu bem,
mesmo quando mal eu luto.

Não te amar mais abre espaço para amar um futuro.
Quanto a mim, recomeço todas as manhãs
Jardineira fiel da minha **alma terra.**

Coleciona cicatrizes só pra lembrar
Que passou.
Ostenta sorrisos
Para vencer o caos
De dentro.

Aqui estou eu.
Esta é minha alma. Vês?
Meu corpo sutil levita
Em uma frequência desconhecida por mim.
Sentes? Essa sou eu.
Um ser a procura de um encontro espiritual
Entre seres, universos.
Se me vês, se me sentes,
Me desvendarás.
Se não, simplesmente,
Será mais um a passar.
Só mais um,
Preso aos limites.
Só mais uma,
Escrava das amarras.
Quem sou eu?
Não cabe na pergunta.
Cabe na **liberdade de viver.**

A lua em câncer mexeu com as minhas águas,
me disse do quanto tento controlar
sentimentos, situações, tudo.
Mexeu com as minhas águas, fluidos,
Choros contidos, reprimidos,
Condensou o que era só pra deixar correr.

A lua sempre mexe comigo,
me fez pensar esses dias em quantas mais pessoas vou perder
sem ser para a morte
do quanto o silêncio pode ser angústia ou proteção
da palavra ser liberdade ou prisão
Mexeu com as minhas águas
No desague entendo as margens
E te digo que o que desejo é deixar fluir
Correr feito riacho
Me entender como pedra mas pedra com água
Dessas que por vezes embrutece
mas também amolece e segue **corredeira**
Sem deixar de ser

Alguém me empresta um coração?
O meu, tá cansado.
Talvez só por hoje, por ontem.
Emprestem-me para o amanhã,
Para os sonhos meus, tão nossos.

Emprestem-me um coração cheio de vigor juvenil, de esperança.
O meu tá um tantinho assim, cansado.
Talvez do hoje, talvez incrédulo, talvez.

Emprestem-me um coração labareda,
motim, guerrilha.
Emprestem-me um coração Frida, Pagu,
Érika Hilton, Dandara, Tula.
Um coração Marighella, Che, Mandela, Mujica, Luan.

Emprestem-me um coração para aquecer o meu e pulsar juntos.
Emprestem-me um coração para seguir na luta.
Avante!

Quero o desgaste dos afetos, entender todos os processos que fizeram ser quem eu sou até aqui.

Não quero carregar o mundo nas costas e nem na minha mente.

Eu não quero ser quem me criou, me negou e nem quem me aceitou.

Quero ser eu atravessada por toda a força da outra, do outro, das coisas, da natureza.

Quero me transformar como Iansãborboleta Iansãbúfalo
em toda energia criadora, em toda força propulsora no meu verdadeiro eu.

Não quero que o dinheiro me choque nem negar o amor.

Quero dizer ao meu pai que eu o amo.

Quero dizer à minha mãe que eu a amo.

E que tudo foi como tinha que ser.

Se hoje sou o que se entende por sujeito foi porque a vida me frustrou.

Assim eu soube também do amargor que é sofrer e pude apreciar com mais valor as doçuras dessa estadia.

Às vezes eu me sinto bem cansada, penso demais sobre tudo e quero controlar o que não se controla. Isso tudo é ansieda-

de e desse excesso tô cheia. Preciso esvaziar meus sentidos, conceitos, medos e tudo o que é confortável. Mereço paz embora tanto caos se apresente.
Eu só não quero mais ser um corpo que dói.
Embora o tempo todo tudo lateje em pulsões
equilíbriosdesequilíbrios desequilíbriosequilíbrios.
Hoje sei bem mais quem sou e quero ser.
Sei quem vejo ao me olhar dentro,
E desejo que eu saiba ser eu e isso seja minha cura.

Ao Instituto Planação

O amor me chamou, fui!
Fui pelo faro do cheiro exalado,
pelos sussurros ao pé do ouvido e o frio
descendo a espinha ao ouvir seus uivos.

O amor é a ordem mais prazerosa que conheço,
só posso obedecê-lo.
Como um cão adestrado,
fui treinada para o amor pelo amor.
Já não sei seguir outro mestre,
ele assobia e eu corro a seu encontro,
mesmo ainda me perdendo pelas veredas que surgem inesperadamente.

Toda vez que o amor chamar eu vou.
Da última vez,
amei e disse adeus,
ainda não possuo o privilégio da eternidade.
Do amor, ainda sou aprendiz.

Exponho a ti **minhas cicatrizes**
Na esperança que tu
não fujas ao primeiro sinal de conhecimento delas.

Cravo teu dedo na fundura do que ainda é ferida
Carne viva não sarada
Na ânsia de que tu
Não desistas ao primeiro sinal.

Acolho a ti e tuas cicatrizes
Não fujo ao primeiro sinal
De conhecimento delas
(e nem depois).

Enterra teu dedo na fundura do que ainda é ferida
Carne viva que pulsa
Não anseio desistir
Ao primeiro sinal de sangramento dela
(e nem depois).

Meu amor devocional repousa na irmandade do adeus.
A declaração de amor mais linda
É também um decreto do fim.
Honro a ti em meu peito e te aceito em tudo que és.
Se hoje choro já sei por quê.
E o que antes era incompreensível
como um clarão, neste instante faz todo sentido.
Eu não te tenho mais como amante
mas ganhei um prêmio maior nesta jornada
tu me conduziste a mim mesma.
E foi por te amar que eu troquei o partir por ficar.
O que agora parece triste é também glorioso.
Fomos preenchidos do mesmo barro, tecidos da mesma poei-
ra que deriva de outras vidas.
Se hoje te reconheço como parte de mim
é também porque abandonei a ideia de te possuir.
Foi não te tendo que eu te tive
e **na liberdade do desapego, aprendi.**

A declaração de amor mais linda é também um decreto do fim.

Todas as estrelas são Saturno quando é noite de lua cheia.
Mariposas e colibris dançam na natureza de akasha.
Há mais margaridas que lágrimas em meus olhos
e mais fé no caminho que outrora.
Se eu disser que danço no fogo hão de me condenar
uma outra vez através dos tempos.
Mas é também através dos tempos que resisto.
Há muito mais bailado fluindo com o éter do que dedos apontando o que devo ser. Posso dançar com a saudade que sinto do mar e guardar na fundura da alma todo o amor que alimento.
Através dos tempos, resisto.
A minha fortaleza vem da terra e se miro os olhos sagrados de uma deusa é porque antes ela me fez entender que dentro de mim há também uma.
Corro solta pelas estradas e não há quem seja capaz de me aprisionar. Minha coragem me faz sempre outra e não se cansa de renascer.
Se me pensas a mesma engana-te com teu olhar de ontem. A cada aurora sei mais de mim que possas duvidar.
Eu universo não caibo em julgamentos.

Um estranho.
Um estrago.
E este nunca será
Um poema de amor.
Um estrago.
Um estranho.
Arrepios...

Sou filha de um ventre gentil de uma pátria que não é.
Sou filha da luta que não pode se calar, grita, labuta nas ruas,
guetos, favelas.
Sou filha da revolta por não me submeter,
rebeldia pura por não obedecer a um macho, opressor,
que quer bater, amedrontar, ameaçar meu ser.
Não sou nem nunca serei inferior.
Sou filha, sou mulher, não sou, não somos obrigadas a Nada!
Nada!
Esta é a única ordem.
Ninguém nos obrigará a ter os filhos que não queremos ter.
Permanecemos em luta contra o machismo e o patriarcado.
        Nossos sangues escorrem em fluxos menstruais
    que também são fluxos quando não vencemos
a luta contra o feminicídio que assola, abate em um solo nada
gentil.
Não me venha com flores mortas cheirando segregação.
Venha com punho cerrado para marcharmos em luta até **que**
nenhuma mulher tenha seu sangue jorrado.
                    Dia de luta é todo dia.

Houve um tempo em que eu queria aprender sobre o amor nos livros acadêmicos, tal qual Leibniz querendo provar Deus matematicamente. Eu ainda não sabia que só se aprende amar, amando e tendo a coragem de quem arrisca o voo mesmo sem saber se vai ter chão.

Houve um tempo em que eu amei, amei tão profundamente que eu tinha medo de descobrirem que o ser amado era meu mundo e, em seguida, meu mundo acabar. Não adiantou ter medo, mundos desabam, acabam trajetórias ditas eternas e se rompem laços regados de infinito, aprendi a medir o tempo pelo tique-taque dos instantes e pensar na intensidade escorpiana como minha guia.

Houve um tempo em que eu não queria mais amar, como se eu tivesse total poder sobre o que bate no peito tecido de carne, nervo e sentidos. Não adiantou não querer, descobri que eu queria **borboletas em outro lugar do meu corpo**, e que era verdade a existência de outras formas de amar, assim como era verdadeira a minha vontade de sempre me permitir. Hoje o tempo é cheio de agoras e eu só espero que o amor me arrebate e eu não consiga racionalizar sobre ele.

O sertão tão nosso nos ensina a esperar.
Esperar pela chuva, rezar pela água.
A reza sertaneja é pela graça de um bom inverno
nosso povo aprende a entender o tempo
admirando os mistérios do céu.
Tempo de chuva é tempo de graça,
tempo bonito, **bonito pra chuver.**
Na roça, roga a São José
padroeiro do Ceará
que molhe o solo sagrado pra brotar toda semente.
Acarinha a terra seca
E rega com fé pra não precisar migrar.
Esperançar é o que se aprende.
Um dia o tempo, que é Deus,
Vai deixar de nos castigar.

Ao tio João Alves e à cidade de Paramoti (CE),
minha terra ancestral

Despeço-me de ti, meu amigo.
Despeço-me de ti, meu bem
(que nunca chamei de amor).
Dessa vez, em silêncio, sem alarde.

De quantos mais adeuses serão necessários para o amor,
de certo que não sei, sei desse tão dolorido.
Este que rasga o peito por tudo que não germinou.
Sei do tempo que se tornou kronos quando **eu queria kairós.**

Eu que deixei minha cigania por ti,
fixei morada imaginária em teu lar.
Eu tão boba para o amor
te disse não e te disse sim, logo em seguida.
Hoje nada digo, só mentalizo um adeus.

Ninguém merece
ser amarrado
a um poste,
a um sentimento,
a um ser.

Ninguém merece
ser linchado
até que doa,
até que morra,
miseravelmente.

Ninguém merece.
Não! Ninguém!
Enquanto isso
os postes estão aí,
sendo açoite só para alguns,
sendo mais que postes,
terrivelmente.

Sou eu em uma estrada, sozinha.
Ao lado das barricadas da guerra já findada.
Não sinto medo. A guerra é minha, meu eu com meu eu.
Avisto um redemoinho, danço dentro dele.
Terrafolhavento ventofolhaterra
Grito ao ser desconhecido que pode ser um outro eu.
Ele, carcaça, eu, Poder.
Com minhas pernas arreganhadas eu danço sobre a carcaça
embebida de todo sangue, toda ira.
A sepulto com minha dança profana.
Parto o crânio de todos os demônios que feriram minha
alma, não há vez para a piedade, nem clamor, nem perdão.
Queimo, queimo o passado e tudo que cravou meu peito um
dia. Acendo, acendo a chama da esperança com um beijo na
testa do elefante.
Que venha um amor puro desses de vidas inteiras.
Na lambida de Kali me protejo, nunca estive sozinha.
Minha jornada é agora.

Mainha me criou **passarinho**
Voando livre no meio da rua
Espiando outras paisagens.

Nascendo para o voo
Como poderia me engaiolar?
Cresci livre!

Tentaram, por vezes,
me cortar as asas.

Aprendi a me defender, desde sempre.

Minha liberdade é sagrada.
Meu voo, infinito.
A depender de mim,
as gaiolas deixarão de existir.

À *Taíse Bastos*

Quando a mariposa pousou no meu dedo
lutei contra meus anjos, deuses, monstros e demônios.
Decretei:
Nenhuma dor será constante.
Porque eu posso ser quem eu sou em qualquer lugar.
Porque eu posso ser quem eu quiser
Mesmo aqui.
Há sempre luz e sempre haverá.

Quando o cedro chorou em meu rosto
Eu amei ainda mais a mim e
Agradeci a todas as forças da natureza.

Quando a mariposa pousou no meu orí
Seus olhos eram meus olhos,
Entendi:
Nenhuma dor é constante.

À madre Ayahuasca

Moça
agarre sua menina,
solte o som de Etta,
dance lentamente na cratera lunar.
Ao som de um blues foda,
dance suavemente,
faça-a flutuar.
Bailem ao luar do céu de Lençóis.
E quando mais tarde a música tocar de novo
ela voltará correndo aos seus braços
viver terá valido a pena.
Moça,
Não tenha vergonha de amar sua menina,
Eles, que têm os olhos feios para o amor,
é que deveriam estar inibidos.
Moça, agarre sua menina e
prove que **o inesquecível é possível.**

A ti, devoto a minha fome.
Tenho fome dos teus olhos,
dos teus cabelos cacheados,
e do teu sorriso quando digo valei-me!

A ti, devoto a minha fome,
tenho fome de tuas mãos,
de tua boca, e de tuas palavras quando me dizem poemas pelas manhãs.

A ti, devoto a minha fome,
tenho fome dos teus passos,
e dos teus silêncios quando me dizem tanto.

A ti, devoto a minha fome,
tenho fome do aconchego de teu ombro, da gente na rede,
e fome das tantas formas de se comer.

A ti, devoto a minha fome, e ela é sempre.
A ti, minha fome, só ela é eterna.

Fiquei a pensar sobre o infinito e não só,
sobre **algo mais bonito que o amor.**
Talvez só algo mais bonito que o amor possa explicar o infinito.
Isso ficou dentro de minha memória poética por muitos anos.
Hoje sei,
só há algo mais bonito que o amor capaz de explicar o infinito:
MÃE.

À *mainha Filomena Sampaio.*

O medo de viver já não me habita.
Vivo! Viva!
Amores platônicos já não fazem morada, não coabitam,
eu lhes disse adeus e dei espaço.
Abri as portas, janelas, arreganhei o meu dentro.
Por dentro, é onde encontro a solução.
Dentro é o mais perto da minha verdade e de tudo que é re-
buliço, sossego
e hoje [só hoje rima com hoje]
rememoro que vim de dentro.
De dentro de uma vulva sagrada
e me alimento da coragem de ser parida pra parir.
Parir versos embebidos nas placentas das deusas
parir coragens nordestinas de terras que nem sempre são secas,
parir universos cortados pelos anéis de Saturno e entender
que nesta vida eu posso ser tudo, menos o que não pulsa.
vibro, o medo já não me habita!
Vivo! Viva!
dentro, é outra revolução.

Procura-me quando não estou e não me achas
quando estou ao alcance do teu abraço.
Entendes o amor fraternal que sentes por mim
mas não o amor companheiro, evolutivo e sagrado.
A cada passo, polegadas astrais de distância.
Lentos os desatares dos nós criados nas pendências carmáticas.
Desatas todos os enlaces que, porventura,
trouxeram uma visão deturpada do amor,
ilusórios sobre a vida.
Desatas a linha tênue que um dia fora prendida
energizando meu destino ao teu.
Libertas teu coração e teus caminhos
para que entendas o verdadeiro tempero do amor.
E possas degustar sem medo
todas as maravilhas de amar
uma **mulher desperta.**
Libertas todas as ilusões e, de repente,
a liberdade real pulsará.
Seguirei sendo uma mulher que voa
e que tu não tenhas medo da minha verdade.

Já atravessei vários estados,
incontáveis cidades só por saudade.
Há sempre algum vento que me leva
Sussurra ao pé do ouvido
que **meu amado me espera.**
Que meu amado me espera.

Ensaio o voo e flutuo no rastro
no passo enluarado
sigo a brisa que me avisa
Dos uivos assobiados.

Meu amado me espera.
Breve serei morada.

Peso.

Hoje pesou.
Pesou ser mulher
Periférica e sozinha.
Pesou andar na rua tarde da noite.
Medo
Violência
Solidão.
Pesa ter sempre que enfrentar o mundo
Para ele não me engolir.
Pesou ser mulher,
Resistir
Lutar.
Ser sempre forte pesa!
Hoje eu me permito
Ser fraca
Mas só depois de
Estar segura em minha casa.
Amanhã, serei novamente essa mulher que luta e resiste.

Volta e reconhece em mim de novo
a deusa que passou por ti naquele dia.
Deixa de lado tanto medo, entrega tua alma e teus segredos.
Diz que entende a minha intensidade
Que eu não te assusto por viver minha verdade
E nem por te desejar assim sem posses.

Volta, amanhece ao meu lado de novo
E não pensa tanto no sufoco que é das mágoas do devir.
Diz que não me quer que eu te deixo mas só me diz não se
realmente não quiseres dizer sim
Pois viver de engano coração nenhum merece.

Volta ou não.
Neste momento só tu sabes, o que te dopas e o que te aqueces.
Diz que minha estadia em teu peito foi puro impulso que eu
te deixo. Mas se me dizes que me quer e não me quer porque
tens medo, te digo que não voltes mesmo
porque tu não reconheces mais a mim
como **a deusa que atiçou os teus desejos.**

Quis saber qual o **gosto da saudade.**
Teria o gosto da terra nascida,
Dos mares de Iracema ou da volta da jurema?

O sabor do polo de lazer do Conjunto Esperança
da calçada da capela do Parque Santa Rosa ou
do rio maranguapinho quando eu atravessava
com água na canela com a tia Maria?

Pensei se teria no sabor o voo do passarinho
Que meu primo Haroldo me apelidou.
Teria o sabor das bruacas de mainha,
Do caldo de caridade, das estradas de Paramoti,
Do rio do macaco e da escola 4.

Senti que saudade tem gosto de mainha
com pitadas de vó, tem rastro de histórias
E me deixou na boca do coração
O paladar de bem-querer.

Às minhas irmãs: Márcia, Esmeralda, Carminha,
Jéssica, Luz (Leninha) e Ayra.

No canto do bem-te-vi
estava minha ideia de romance
desses incompletos
feito
pipa de folha de caderno
que a gente chamava de bolachinha.

No talo da flor de boldo estava meu paladar amargo
feito fim de festa,
fim de um amor,
Que a gente teima em não esquecer.

Na nuvem esbranquiçada
estava meu olhar astigmático
feito lembrança da quinta série
Paixonites não declaradas,
Invenções de línguas estranhas.

Bem-te-vi nuvem de pipa
No canto

No talo
No olho
feito história
de empinador de memórias,
passado:
presente constante.

Eu sei quase nada e já é sabido
Que eu menina também era menino.
Eu sei que de artista há tanto desatino
mas florescer é o caminho.
Floresço daqui e
é devagar a primavera nas entranhas.
Há de ser maior o verão
desta filha solar.
Percebi que o que há de aprender é a me plantar e deixar florescer.
Quem sabe plantando a minha lua eu plante meu destino.
Plantando sonhos eu adube passarinhos.
Quem sabe assobiando os ventos eu colha os perfumes.
Eu sei, tudo há de florescer bem dentro e quando dentro,
fora já será!
Eu sei que os caminhos são de afetos e desatinos.
Há de ser os dias de **semeadura** pra aprender a colher.
Há de ter a festa da colheita de mim pra mim,
de mim pro mundo.
Eu sei.

Eis o tempo que rodopia
catavento de ilusões.
Parece medo da sombra
Parece anseio de ontens.
Raízes levadas, terra fértil pra morada.

Tivesse o humano disparado sonhos
Colheria tão acentuada disputa por pequenos grandes poderes?
Guardarei a herança de Tupã.
Mãe terra sagrada chora e eu sangro junto.

Qual evolução, cara pálida?
Ilusão.
Eis o tempo que murmura liberdade apertando as chagas
da prisão.
Rebeldia para com o chumbo que vigora.
De ilusão em ilusão alguém bestializou tudo.
E a luta permanece necessária.
Mãe Terra, que um dia a gente aprenda a te honrar
E a respeitar todos os teus dentros.

O grito da periferia mudo
abafado pelos estopins de bala.
Quem dispara?
Quem dá o primeiro tiro é o sistema
que já anuncia nas primeiras horas de vida
de que lado você está.
Primeiro tiro disparado é da negação.
Negação de direitos, negação de igualdade, justiça.
Negação de equidade, de ser!
Quem dispara a bala que milimetricamente abate?
Quem?
Para alguns, um super-herói.
Para outros, um assassino opressor.
E o grito da periferia ainda é de pavor.
Até quando?
Que não seja sempre.

A água me ensinou a fluir.
Às vezes mansa tanto quanto um rio.
Às vezes enfurecida como as marés em suas ressacas
mas sempre seguindo o curso do desaguar.

A terra me ensinou a fincar.
Meus pés firmes no chão, meus passos andarilhos
feito redemoinho a misturar tudo endoidecendo o sertão.

O ar me ensinou a passar, a levantar poeira, sonhos, amores.
Fui no rastro da sombra, no calor do sol.
Fui estrada, fui rumo.
Aprendi a ser caminho e a fazer ventar.
Virei bruxa, anciã na mocidade, moça no fim da vida.

O fogo me ensinou a transmutar.
Minhas trevas em luz, luzes em trevas,
No mundo sou centelha divinal e profana.
Deusa, eu sou. Deus também.

À Escolla de Sophia

Eu quero gritar aos quatro ventos
teu nome junto ao meu.
Quero nossas mãos dadas na rua,
na passarela de concreto feita
para a tua liberdade.

Eu quero
preencher o teu dedo com meu compromisso
e ver no teu riso
o sabor que tem o sim.

Eu quero
afrontar o mundo a teu lado e
construir a cada dia nossa eternidade.

Eu quero o teu querer por mim
e em oferenda,
sou tua.

A minha boca é capaz de dizer adeus
mesmo que meu corpo demore
a não desejar mais a sua pele
e o meu cotidiano a entender a tua ausência.

Parte de mim só espera viver bons momentos
mesmo que a fórmula para isso ainda esteja se construindo.
Algo em mim ainda divaga
sobre a liberdade dos seres, dos corpos,
e teme a posse excessiva que leva a morte.

Qual momento aprendi a dizer adeus, não sei.
Talvez quando o amor que me diziam
feria mais que esbanjava alegria,
talvez quando o desejo de viver algo mais profundo
se esbarrava em algo medroso em desmedida.

A minha boca é capaz de dizer adeus
mesmo quando não consigo ouvir.

Ecos da alma vão e voltam
Como uma internalização necessária
Para ouvir de novo e de novo, sempre.

Quem ouviu o vento não esquece seu cantar.
Enamora-se pelo ruir.
Já não amedronta, consola.
Como um cheiro necessário
Para sentir de novo e de novo, sempre.

Quem ouviu o vento voou.
Descobriu-se passarinho.
Como um bater de asas de nascença
que o faz seguir de novo e de novo, sempre.

Quem ouviu o vento
Ouviu a si mesmo.
De novo e de novo, sempre.
E partiu.

A Reinaldo Oliveira

A frequência, a cadência, latência certeira
Meuteucorpo teumeucorpo
Um mundo de mistérios vibrantes.
Terras que se habitam, murmuram delicadezas, inteirezas,
certezas de bem querer.
Se ama antes de amar, se quer antes de querer.
Imagina o que adivinhaadivinha o que se é leveza
Adormece no aconchego de corpos iguais.
A luta, O sonho, O compasso,
se mostram no sorriso bobo dos lábios [toda hora].
Canta a sorte canções inspiradas e diz aos céus que hoje
houve a conquista de um novo tipo de amor.
Confirma que os caminhos estreitos [e até não aceitos]
são também escolhidos
e trilha uma jornada não mais solitária, pois agora tudo é livre.
Trocarei teu nome por liberdade ou por suspiros.
Solta a felicidade do peito que é tempo de descobertas
da mais linda sacralidade de corpos iguais.

À Gabrielle Pedrini

Na memória dos meus ossos

O correr livre de uma alma antiga,
Vento no cabelo, estradas, e o olhar
atento ao encantador desconhecido.

Na memória dos meus ossos
o mar e o sabor da maresia,
Areia fina entre os dedos, calmaria
que inunda no balanço das águas.

Na memória dos meus ossos, o sertão,
A resistência de um povo que é meu,
Cheiro de mato, terra primeira.

Na memória dos meus ossos, "o clã das cicatrizes",
as mãos que não temem os espinhos,
A mulher selvagem em seu canto mais profundo...
"Cantar é usar a voz da alma"

(Trecho do livro Mulheres que correm com os lobos, de Clarissa Pinkola Estés)

Antes que mares revoltos me roubem a paz,
eu quero navegar em teus beijos
e brotar na tua boca um desejo de sempre.
Talvez, assim, desejante de teus cheiros,
eu, enfim, não fuja da entrega.

Antes que o medo me paralise, eu quero arrepiar tua pele
e alimentar de suspiros duradouros teus ouvidos.
Talvez, assim, ladra de teus gemidos,
eu, enfim, não desista de sentir.

Antes que acordem os passarinhos,
eu quero despertar na tua morada
e tecer no teu colo um ninho cheinho de auroras.
Talvez, assim, adormecida na estadia dos teus braços,
eu, enfim, não desvie do encontro.

Antes que proíbam os afetos,
eu quero me abrigar no teu peito
e crer num mundo inteiro em diversidade.

Talvez, assim, extasiada nas profundezas de teus olhos,
eu, enfim, não tema o amor.

Naquele dia eu não queria falar. Queria ser abençoada e ouvir as sabedorias do Caboclo Pai Guarani. Ele sentiu. Não precisei dizer nada. Quis saber as ervas que me acompanhavam, falei: bergamota e hortelã. Acenou positivo com a cabeça e sabendo da minha alma falou:

– a fia é lutadora, enfrenta os problemas de frente, não foge pra droga, não foge pro álcool, o que muitos fazem. A fia é um ser de luz, de muita sabedoria.

Sabedoria a fia tem.

As lágrimas já percorriam a face molhando a máscara que me lembrava ainda da condição pandêmica em que vivíamos.

Chorei. Disse de quando eu esqueço da minha força, de quando fraquejo e me sinto cansada da luta.

Pai Guarani, ali, incorporado em uma mulher solar pediu pra eu não desistir, clamar por Xangô para as batalhas. Kawó Kabiesilé! Meu orixá ancestral!

– a fia faz um mundo melhor.

Fez entendedô?

Sim!

Quando eu esquecer, que haja sempre alguém capaz de ler

quem eu sou.

Quando você esquecer, que haja sempre alguém capaz de ler quem você é.

Façamos o mundo melhor.

Fez entendedô?

A Solange Sales e Templo de Umbanda Oxaguiã

Em cada pai tem um ai.
Ai eu não consigo.
Ai eu tenho medo
Ai este filho não é meu.
De interjeição em interjeição sobram rejeições,
mais um registro de nascimento será cravado com pai desconhecido e
não nascerá dali uma paternidade consciente.
Tem ai de ausência na vida afetiva.
Tem ai de ausência na vida financeira e
mais uma mãe guerreira nasce mesmo quando ela não queria precisar ser.
De quantas mais mães guerreiras se alimentará a covardia dos homens?
De quantas mulheres mães 24 horas por dia
precisará a covardia dos pais de redes sociais?
Em cada mãe também tem ais mas, nestes, a covardia não vence.

Caminham no teu rosto bonito os meus dedos
na tentativa de gravar nas minhas digitais
teus desejos.
Encosto o meu terceiro olho no teu
e a lua nos confidencia que está cheia em gêmeos.
As **janelas** das nossas almas, abertas.
Tanto encanto, tanto!
Tanto que o balançador da praça foi nosso confidente,
e o meu perfume de benjoim do meu cangote clamou pelo teu cheiro.
Passeiam no teu rosto bonito os meus olhos
na tentativa de gravar nas minhas retinas tua essência.
Tanto encanto, tanto!
Tanto que as
quintas-feiras nunca mais serão as mesmas
e a escadaria do cristo nos confidencia que a cidade dorme.
Tanto encanto, tanto!
Tanto que as minhas pupilas dilatam quando acarinho os teus cabelos,
E as janelas das nossas almas, abertas.

Eu evoco, evoco a donzela, a mãe, a feiticeira, a anciã
para fazer cair todo o domínio de dor das mãos do patriarcado.
Evoco minhas irmãs de todas as gerações antes de mim
através dos tempos e todas as que virão através dos tempos.
Evoco as forças sagradas da mãe terra que abriga com carinho nossos pés, nosso sopro primordial.
Evoco todas as relações curativas, equilíbrio e harmonia entre nosso feminino, nosso masculino.
Evoco todo o masculino ferido para adentrar ao caminho do eu superior com entrega sem medo ao mais profundo amor.
Evoco todas as dualidades e seus eixos que põem em movimento toda forma de vida.
Evoco todos os elementos em nosso auxílio para que tudo que é vivo possa fluir
tudo que é morto possa findar em paz.
Evoco a evolução de cada ser, rumo à consciência plena.
Evoco todas as Deusas e as dimensões sagradas delas em cada uma de nós. Que assim seja no mais puro amor. E assim é.

Todos os dias um bem-te-vi desconhecido

me dá bom dia...

Todos os dias um Jesus nasce nas periferias,

Empobrecido por um sistema opressor e desigual.

Filho de mãe solteira, sem o pai presente ou
com pai adotivo,
Ou já nascido no abandono medroso
da frágil paternidade.

Talvez novos Jesus nasçam para nos lembrar
de acreditar na humanidade,

De que há de se enfrentar o sistema e
os hipócritas de plantão.

Todos os dias Marias são forçadas a fugir

E se refugiar em terra alheia que não lhes aceita.

Forçadas a enfrentar preconceitos e as injustiças sociais.

Talvez novas Marias enfrentem a vida para nos lembrar da

rebeldia necessária pois não há outra forma
quando se é mulher.

Todos os dias um José duvida da paternidade de um filho,

Mas não é todo dia que Josés aceitam ser pais adotivos.

Talvez novos Josés precisem existir para nos fazer acreditar
no amor incondicional, que ama e ama.

Todos os dias um bem-te-vi desconhecido me dá bom dia.

Ele me lembra que não é o humano o centro do universo,

No seu canto também lembro que sutilezas chegam aos desconhecidos.

Talvez ele cante só porque canta mesmo e seja
a minha alma de poeta que tenta capturar no seu canto

algo de extraordinário no que há de mais ordinário do dia.

Todos os dias um bem-te-vi desconhecido me dá bom dia.

Todos os dias um Jesus nasce nas periferias...

Ser mãe é um dom dado por Deus com amor.
Os laços de mãe e filho são tão grandes
que nunca perdem o seu valor.

Mãe, palavra santa,
ser que jamais podemos magoar.
E se magoamos,
ela estará sempre pronta para nos perdoar.

Mãe mesmo zangada,
ela nos dá carinho, e muito amor.
Faz a comida e nos alimenta com o mesmo sabor.

Sou mãe, sou pai,
Sou avó, sou avô.
Eita missão danada,
Iluminada com muito Amor.

Poesia de Filomena Sampaio

(Com quem aprendi a ser poeta, artista, meu mais profundo amor e gratidão)

Posfácio

Nas trilhas da Poesia

Conheci Jesuana quando ela decidiu fazer da sua vida um "cotidiano poético", percorrendo esse Brasil para inspirar tantas outras pessoas com a sua poesia. Tive o prazer dessa oportunidade quando ela visitou a Favela da Rocinha para apresentar, num encontro de Jovens da Pastoral da Juventude do Meio Popular, sua obra transcrita num belíssimo livro.

Num sarau improvisado pudemos sentir a força dessa mulher nordestina, de semblante manso e voz suave, pulsar em cada poema declamado. Junto pulsava meu coração, que se sentia revigorado ao descobri a existência desse ser iluminado, que nos leva a acreditar que os sonhos são possíveis quando, assim como ela, tomamos coragem de reescrever a nossa sina.

Maturado nas andanças dessa poeta, *Dentro é outra revolução* reflete a experiência de quem se colocou ao encontro do outro, revestida de versos "a levantar poeira, sonhos, amores"... provando que "o inesquecível é possível".

Nas trilhas deste livro, redescobri a saudade como um sentimento bom, na certeza de que alguém sempre nos espera de braços abertos; também mergulhei na sensibilidade artística de uma mulher "às vezes mansa tanto quanto um rio" – ao se descrever como uma aprendiz do amor – e "às vezes enfurecida tão qual as marés em suas ressacas" na defesa dos menos favorecidos.

Ela desperta o desejo de se libertar da condição de gaiola para se aventurar nas asas dos sonhos, alçando voos mais altos para encontrar a métrica da poesia da vida.

Cleber Araujo
(Morador da Rocinha, poeta, músico e comunicólogo dedicado às pautas de abrangência comunitária)

Este livro foi composto com as fontes Breathing Personal Use e Change, impresso em novembro de 2023 pela gráfica Expressão e Arte em papel Polén Bold (miolo) e cartão Supremo (capa).